Für meine Kinder
L. H.

Lena Hach • Kai Schüttler

Hugo und Big Dschi

BELTZ
& Gelberg

Hugo will schwänzen

Hugo ist der Held dieser Geschichte. Ein Held bestimmt, was gemacht wird. Auch wenn er noch so klein ist. Leider ist in diesem Moment Langeweile angesagt. Hugo hat sich in seinem Zimmer versteckt. Schon vor Stunden!

Das Zimmer liegt im ersten Stock einer riesigen Villa. Die riesige Villa steht in einem gigantischen Park. Da gibt's einen Teich, einen goldenen Buddha und eine Laube, wo sich Verliebte küssen. Außerdem noch jede Menge anderes Zeug.

Natürlich wohnt Hugo nicht allein in dieser Wahnsinnsvilla. Das wäre Verschwendung. Hugo ist ein bescheidener Junge. Deshalb teilt er sich die 67 Zimmer mit drei weiteren Bewohnern.

„Heinz zählt nicht“, findet Papa. Weil der nie den Müll rausbringt. Dabei ist Heinz super. Der kann, was sonst keiner kann! Heinz ist eben ein echtes Zirkuskaninchen. Und Hugo ein toller Trainer.
Jetzt versteckt er sich allerdings hinter dem Vorhang und gähnt. Hugo hat ausprobiert, was man in so einem Versteck alles machen kann. Er hat in der Nase gebohrt. Er hat Pfeifen geübt. Er hat Heinz frisiert und wieder in der Nase gebohrt. Nun dreht Hugo gelangweilt Däumchen.
„Wir müssen hinter dem Vorhang stehen bleiben“, erklärt er Heinz. „Sonst erwischt uns die alte Pfeife.“ Damit meint Hugo den Hauslehrer. Eigentlich heißt der Hauslehrer Eduard-Rüdiger oder Rüdiger-Eduard.

Da ist sich niemand wirklich sicher. Fest steht: Der Hauslehrer soll Hugo alles beibringen, was er weiß. Das ist jede Menge. Der Hauslehrer weiß sogar, wie man sich richtig anschleicht. Doch wie *das* geht, verrät er Hugo leider nicht.

Erwischt!

Hugo muss lernen

Die alte Pfeife hat sich einen Stundenplan ausgedacht. Extra für Hugo. Punkt neun beginnt der Unterricht. Los geht's mit *Pompöse Plauderei.* Hugo soll lernen, wie man vornehm spricht. Extrapunkte gibt's für altmodische Angeberwörter wie *Schabernack, Sudelei* und *Schlendrian.* Das alles sagt der Hauslehrer besonders gern. Hugo hat keine Ahnung, warum.
Danach ist *Stimmungsvolles Speisen* dran. Dazu gehören: Serviette auf den Schoß legen, Rülpser unterdrücken, das richtige Besteck benutzen.

Das ist eigentlich gar nicht so schwer.
Alles, was rechts vom Teller liegt, gehört in die rechte Hand. Alles, was links vom Teller liegt, gehört in die linke Hand.
Da ruft der Hauslehrer auf einmal „Pause!“
Er muss ganz dringend wohin.

Hugo macht eine Entdeckung

In der Pause dreht Hugo eine Runde durch den Park. Hier kennt er jedes Astloch. Hugos absoluter Lieblingsplatz ist der Teich. Darin schwimmen 13 Kois. (Das sind dicke, teure Fische.) Außerdem leben in dem Wasser ein paar eingebildete Frösche und vielleicht sogar ein Hai.

„Der hat immer Appetit", behauptet Hugos Mama. „Vor allem auf kleine Jungs und noch kleinere Kaninchen."

Hugo glaubt ihr kein Wort. Heinz schon.

Da entdeckt Hugo etwas im Wasser. Eine Flasche. Die Flasche ist klein, sonderbar verziert und sieht echt wertvoll aus.

Hugo fackelt nicht lange.

Das war sehr elegant!
Plötzlich streift etwas seinen Fuß. Der Hai?! Oder doch nur eine harmlose Schlingpflanze? Egal. Hugo kämpft sich vor und ... rettet die Flasche.
Applaus!
Die Flasche stinkt barbarisch.
„Das perfekte Geschenk für Mama!“, findet Hugo. Heinz gibt ihm recht.

Denn Hugos Mama liebt seltsames Zeug – weil sie sonst schon alles hat. Sogar einen Eierbecher aus grüner Knete. Hugo will die Flasche gerade sauber machen, da kommt die alte Pfeife um die Ecke. Blitzschnell versteckt sich Hugo. Merkwürdigerweise entdeckt der Hauslehrer ihn sofort. Pauken muss Hugo heute trotzdem nicht mehr. Manchmal sind andere Dinge einfach wichtiger.

Hugo säubert die Flasche

Vielleicht behält Hugo die Flasche sogar ganz allein für sich. Aber zuerst muss er sie sauber machen. Das tut er gleich nach dem Zähneputzen, als er im Bett liegt. Mit einem bestickten Taschentuch legt Hugo los.
Er putzt und wischt und schrubbt und reibt. Es ist eine Schweinearbeit. Auf einmal beginnt die Flasche zu vibrieren. Erst nur ein bisschen, dann immer mehr.

Hugo muss sie mit beiden Händen festhalten. Da passiert es: Der Stopfen fliegt von der Flasche. PLOPP! Dichter, orangefarbener Rauch steigt auf. Mit glitzernden Sternchen darin. Hugo macht große Augen. Und dann schwebt da dieser Typ!

Hugo versteht sehr wenig

Hugo kneift die Augen einmal fest zusammen. Dann öffnet er sie wieder. Aber der Typ ist immer noch da. Mitten in seinem Kinderzimmer.
„Tach, Chefchen", sagt der Typ freundlich. Er packt einen Müsliriegel aus und verschlingt ihn mit einem Happs.
„Hatte noch kein Frühstück", schmatzt er.
Hugo starrt den Typen an.
So viele Muskeln hat Hugo noch nie gesehen.
„Hab viel Zeit zum Trainieren", erklärt der Typ. „Liegestütze, Klimmzüge. Das ganze Programm. Du weißt schon."
Hugo weiß gar nichts. Deshalb bekommt er prompt eine kleine Vorführung.
Schon vom Zusehen kommt Hugo ins Schwitzen.

Cap
Cap

Mitten in einer Kniebeuge sagt der Typ: „Lass mich raten, Chefchen. Ich bin dein Erster!"
„Mein erster ... was?", fragt Hugo.
„Dein erster Flaschengeist!"
„I-ich ... ich glaube, ich verstehe nicht", stottert Hugo.
„Flaschengeist", wiederholt der Typ lauter. „Vorne Flasche, hinten Geist. Wobei es eigentlich heißen müsste: außen Flasche, innen Geist." Er kichert. „Du verstehst?"
Hugo schüttelt den Kopf.
„Macht nix, Chefchen", sagt der Typ. „Macht absolut gar nix."
Er geht einen Schritt vor und schnappt sich Hugos Hand.
„Gestatten, Big Dschinny Fresh", sagt er. „Meine Freunde nennen mich Big Dschi. Und du bist?"

„Hugo“, sagt Hugo leise. „Freunde habe ich keine. Ich kann also nicht sagen, wie die mich nennen würden.“
„Egal“, sagt er. „Für mich bist du eh Chefchen, Chefchen.“ Er schlägt Hugo auf die Schulter. „Endlich wieder mal Action! Und du hast echt null Erfahrung mit Flaschengeistern?“
Hugo schüttelt den Kopf.
„Dann erkläre ich dir jetzt mal wie der Hase läuft.“

Hugo hat Mitleid

Big Dschi ist ein guter Erzähler.
„Es war einmal vor hundert Jahren ein kleiner, süßer Geist“, beginnt er.
„Du meinst dich, stimmt's?“, fragt Hugo.
Big Dschi nickt.
„Am liebsten tat der kleine Geist das, was alle kleinen Geister gerne tun. Du weißt schon: Verstecken spielen. Eis essen. Ganz normale, brave Dinge halt.“
Big Dschi flunkert ein bisschen. Das tut er sowieso ganz gern.

„Eines Tages passierte etwas Schlimmes“, erzählt Big Dschi weiter. „Zwei große, fiese Geister packten ihn am Kragen. Und sperrten ihn in eine Flasche.“

Hugo macht große Augen. In dem Moment tut ihm Big Dschi leid. Sogar sehr.

„Warum haben die großen Geister das getan?“, fragt er.

Big Dschi zuckt mit den Schultern. „Langeweile“, sagt er. „Den großen Geistern war bestimmt einfach langweilig.“

Mit Langeweile kennt Hugo sich aus. „Warst du hundert Jahre lang in der Flasche?“

Big Dschi schüttelt den Kopf. „Manchmal lässt mich jemand raus. Quasi aus Versehen ... So wie du.“

Er schenkt Hugo ein breites Lächeln.

Ein Goldzahn blitzt auf. „Und dieser Jemand wird dann mein Chefchen. Ganz automatisch.“ Big Dschi erzählt Hugo, wo er schon überall war.
„Einmal ist es richtig brenzlig geworden, da wurde ich mitten auf eine Kreuzung gerufen“, sagt Big Dschi. „Seitdem trag ich immer meine Warnweste.“
„Immer?“, fragt Hugo.
„Immer“, sagt Big Dschi.
„Ist ja nicht überall so kuschelig wie bei dir, Chefchen.“

Big Dschi wünscht sich was

Big Dschi setzt sich auf.

„Kommen wir zu den Regeln“, sagt er.

„Es gibt Regeln?“, fragt Hugo überrascht.

„Es gibt immer Regeln“, antwortet Big Dschi. Hugo weiß genau, was er meint.

„Erste Regel: Ich hab Wünsche frei. Zweite Regel: Du erfüllst sie mir.“

Hugo ist sprachlos.

„Ich muss dir Wünsche erfüllen?“, fragt er.

Big Dschi grinst.

„Du *darfst* mir Wünsche erfüllen“, verbessert er. „Das ist eine große Ehre!“

Hugo kratzt sich am Kopf.

„Aber …, aber ich …“, beginnt er. Doch Big Dschi lässt ihn nicht zu Wort kommen.

„Als Erstes hätte ich gern eine große Portion Spaghetti mit Sahnesoße. Nein, Moment: Kartoffelpuffer! Oder nee, warte! Lieber Pommes mit Ketchup … und Hamburger! Und rote Grütze!“

Für Hugo steht fest: Big Dschi ist nicht gerade bescheiden.

„Jetzt weiß ich's“, sagt Big Dschi plötzlich. „Calzone. Ich wünsche mir eine fette Calzone. Mit allem Pipapo.“

Hugo runzelt die Stirn.

„Was ist denn eine Calzone?“

„Ach, nichts Besonderes“, sagt Big Dschi. „Zufällig nur das beste Essen der Welt! Stell dir einfach eine zusammengeklappte Pizza vor. Und so eine wünsche ich mir. Jetzt.“

„Wird's bald?“

Hugo schüttelt den Kopf.

„Ich kann leider nicht backen“, gibt er zu.

„Aber ich gebe gleich morgen Suse Bescheid. Das ist unsere Köchin. Die macht dir dann eine Spinattarte. Oder eine Lauchquiche."

Big Dschi verschränkt seine Arme. „Chefchen, du hast das nicht ganz verstanden", sagt er. „Wenn ich sage, ich wünsche mir eine Calzone, dann kriege ich eine Calzone. Mein Wunsch ist nämlich dein Befehl!"

Plötzlich sieht Big Dschi ganz traurig aus. „Ich stecke jetzt fast zehn Jahre in der Flasche", schnieft er. „Ich habe einen Bärenhunger! Aber du sagst einfach: Warte bis morgen. Herzlos, Chefchen. Das ist herzlos."

Hugo hat genau gesehen, dass Big Dschi vorhin einen Müsliriegel gefuttert hat. Trotzdem bekommt er ein schlechtes Gewissen.

„Wir könnten uns in die Küche schleichen“, überlegt er. „Und dort zeigst du mir, wie man diese Calzone macht.“ Big Dschi ist begeistert. Der Plan steht!

Hugo und Big Dschi backen

Eigentlich darf Hugo nicht allein in die Küche. Unter gar keinen Umständen. Aber heute ist ja Big Dschi dabei. Und mit dem ist alles anders.

„So viel Spaß hatte ich noch nie“, sagt Hugo.

Big Dschi verschluckt sich.
„Echt jetzt?“
Hugo nickt.
Big Dschi klopft ihm auf die Schulter.
„Das ist traurig, Chefchen.“ Dann fängt er an zu lächeln. „Aber jetzt bin ich ja da! Bis an dein Lebensende kannst du mir all meine Wünsche erfüllen.“
Jetzt verschluckt sich Hugo. Und dann geht auch noch die Tür auf.

Jetzt bloß keine Zeit verlieren! Big Dschi muss sich verstecken.

Leider steht seine Flasche immer noch in Hugos Zimmer. Deshalb muss ein anderes Versteck für Big Dschi her. Die Flasche mit der scharfen Currysauce. Das könnte gehen!

Geschafft! Im allerletzten Moment. „Hugo!", sagt der Hauslehrer. „Was treibst du hier zu so später Stunde?"

„Ähm. Äh … mir gelüstete es nach einem Mitternachtsimbiss“, sagt Hugo. Er ist ziemlich stolz auf das Angeberwort: *Gelüstet* klingt besser als *haben wollen.* Auch *Mitternachtsimbiss* ist irgendwie vornehm. Die alte Pfeife ist jedenfalls zufrieden.
„Denk dran, dir den Mund abzuwischen“, sagt der Hauslehrer und zieht wieder Leine.
Leider ist Big Dschi die scharfe Soße nicht bekommen.

„Bestimmt eine Allergie“, vermutet Hugo. Er bringt Big Dschi zurück in sein Zimmer. Da kann er sich in seiner Flasche ein bisschen ausruhen. Für heute hat er genug.

Hugo kapiert was

Hugo wird wach, weil ihn jemand anpustet. Als er die Augen öffnet, blickt er direkt in Big Dschis Gesicht.
„Na endlich“, ruft er laut. „Gut geschlafen?“
Hugo nickt langsam. Also war es doch kein Traum. Es gibt den Flaschengeist wirklich. Hugo spürt, wie er sich darüber freut. Denn eines steht fest: Dieser Tag wird auf keinen Fall langweilig, so wie sonst.
„Guten Morgen, Big Dschi“, sagt er höflich und setzt sich auf.
Big Dschi verzieht den Mund.
„Chefchen, an der Begrüßung müssen wir arbeiten“, sagt er. „Cool geht anders.“

Cap

Irgendwann hat Hugo es drauf. Dann will Big Dschi wissen, was heute noch ansteht.
Hugo zuckt mit den Schultern.
„Um Punkt neun muss ich zum Unterricht“, sagt er. „Zuerst *Kleine Komplimentenkunde* und dann *Stundenlanges Schmökern.*“
Big Dschi schüttelt angewidert den Kopf. „Ohne mich“, sagt er. „Unterricht ist was für Eierköpfe. Ich trainiere lieber. Solche Muckis wie meine kommen nicht von allein. Du verstehst?“
Hugo versteht. Also verabreden sie sich für den Nachmittag. Und in der Zwischenzeit tut jeder das Seine.
Hugo lernt fünf Komplimente auswendig. Dann schickt ihn der Hauslehrer in die Bibliothek. Hier soll Hugo schmökern. Das ist vornehm für Lesen.

Und genau das tut Hugo. Er findet ein interessantes Buch über Fabelwesen. Also über Hexen, Gnome – und Flaschengeister.

Hugo verschlingt den Text. Dann geht ihm ein Licht auf.

Hugo stellt Big Dschi zur Rede

Am Nachmittag treffen sich Hugo und Big Dschi in der Laube.
„Mein Training war echt anstrengend“, stöhnt Big Dschi. „Deshalb wünsche ich mir jetzt eine Nackenmassage.“
„Du hast mich angelogen!“, platzt es aus Hugo heraus. „Es sind gar nicht unendlich viele Wünsche! Sondern nur drei!“ Er macht eine kleine Pause. „Das heißt, es waren drei. Jetzt ist nur noch einer übrig.“

„Äh, da muss ich mich verzählt haben“, sagt Big Dschi.
„Verzählt?“, ruft Hugo.
„Soll vorkommen“, murmelt Big Dschi.
„Ich habe noch was rausgekriegt!“, sagt Hugo. „Eigentlich muss nicht ich die Wünsche erfüllen. Sondern du!“

Big Dschi bekommt feuerrote Ohren.
„Ähm, äh“, stottert er. „Ich ... ich glaube, du hast dich verlesen.“

„Ich verlese mich nie“, sagt Hugo. „Lesen kann ich vorwärts, rückwärts und seitwärts.“
„Jetzt flunkerst du aber“, sagt Big Dschi.
„Vielleicht“, gibt Hugo zu. „Aber zurück zum Thema: Habe ich recht oder habe ich recht?“
Big Dschi seufzt schwer.
„Du hast recht“, sagt er leise.

Hugo und Big Dschi einigen sich

Hugo hat schon wieder gute Laune. „Weißt du, was dein Fehler war?“, fragt er. „Du hast mich Chefchen genannt. Das kam mir gleich verdächtig vor. Wenn ich deine Wünsche erfülle, müsstest du mich anders nennen. Zum Beispiel Praktikant.“
„Dann nenne ich dich ab jetzt eben Praktikantchen, Chefchen“, sagt Big Dschi und grinst schief.
„Jetzt aber Schluss mit dem Schabernack“, sagt Hugo streng. Dabei klingt er fast wie der Hauslehrer. „Ab jetzt werden meine Wünsche erfüllt.“
„Nö“, sagt Big Dschi.
„Doch“, ruft Hugo.
„Niemals.“
„Und ob!“

So geht das eine Weile. Bis Big Dschi irgendwann wieder von dem Geist erzählt, der in eine Flasche gesperrt wurde.

„Stell dir vor", sagt er mit trauriger Stimme. „Dieser kleine, süße Geist erfüllt seit über hundert Jahren fremde Wünsche. Auch wenn er natürlich längst ein großer, süßer Geist ist."

Big Dschi legt den Kopf schief. „Jetzt frage ich dich, Chefchen: Wer denkt an den kleinen Geist? Der braucht doch auch mal was."

Hugo zögert. Er weiß längst, dass man Big Dschi nicht alles glauben darf. Andererseits hat Hugo mit Big Dschi bis jetzt viel Spaß gehabt. Auch das mit den Wünschen war lustig. Da kann er den letzten eigentlich auch noch erfüllen.

„Okay“, sagt Hugo. „Wir lassen es so.“

Big Dschi sieht ihn ungläubig an.

„Echt jetzt?“, fragt er.

„Echt jetzt “, sagt Hugo.

Big Dschi strahlt. Vor lauter Freude schiebt er sich den Finger in die Nase. Hugo denkt: Ein paar Stunden bei dem Hauslehrer würden Big Dschi echt guttun.

Hugo hat es schwer

Am nächsten Tag steht auf Hugos Stundenplan *Bedeutungsvolle Bewegung.* Das kann er auch ohne Hauslehrer. Deshalb ist Big Dschi dabei.
„Weißt du schon, was dein dritter Wunsch ist?", fragt Hugo.
Big Dschi schüttelt den Kopf.
„Weil es mein letzter ist, heb ich mir den noch ein bisschen auf", erklärt er. „Die meisten verschwenden ihre Wünsche ratzfatz. Und stehen nachher blöder da als zuvor. Du verstehst?"
Hugo ist sich nicht so ganz sicher. Auf jeden Fall freut er sich, dass Big Dschi sich Zeit lässt. Dann bleibt er nämlich noch eine Weile bei ihm. Und einen Freund kann er eigentlich ziemlich gut brauchen.

KLACK
POCK
ZACK

Auf der Parkmauer sitzen schon wieder die Nachbarskinder.

Manchmal rufen sie sogar was Blödes. Lauter Wörter, die niemals in der *Kleinen Komplimentenkunde* vorkämen! Hugo tut dann so, als ob er Tomaten auf den Ohren hätte. Richtige Oschis.

Aber natürlich hört er trotzdem alles. Genauso wie Big Dschi.
„Was sind denn das für Pappnasen?“, fragt er.
„Die finden mich komisch“, sagt Hugo leise.
„Pappnasen“, sagt Big Dschi noch einmal. „Die gehören mal ein paar Jahrhunderte in die nächstbeste Flasche gesperrt“, murmelt er. „Dann würde denen das Lachen schon vergehen.“

Big Dschi nennt seinen dritten Wunsch

Hugo und Big Dschi verbringen eine ganze Woche miteinander. Dabei lernen sie sich immer besser kennen. Hugo wird klar, dass Big Dschi wirklich absolut keine Manieren hat.

Die alte Pfeife könnte ihm jede Menge beibringen. Doch Big Dschi weigert sich. „Unterricht ist was für Eierköpfe“, behauptet er. „Ich brauch das nicht.“

Übrigens wird auch Big Dschi in der Woche etwas klar. Nämlich, dass Hugo wirklich keinen einzigen Freund hat – außer Heinz. Schlimmer noch.

Eines Abends, mitten in einer Partie Käsekästchen, verkündet Big Dschi plötzlich: „Chefchen, ich bin bereit für meinen dritten Wunsch."

„Lass mich raten“, sagt Hugo. „Ich soll dich diese Runde gewinnen lassen.“

Big Dschi schüttelt den Kopf.

„Sag bloß, du hast wieder Appetit auf Calzone!“

Big Dschi blickt Hugo direkt in die Augen.

„Ich wünsche mir, dass du den Pappnasen die Meinung geigst“, sagt er.

Hugo versteht nur Bahnhof. Welchen Pappnasen? Und er kann doch gar nicht Geige spielen!

„Mann, Chefchen!“ Big Dschi verzieht den Mund. „Du sollst den Pappnasen den Kopf waschen. Ihnen die Leviten lesen. Sie zur Schnecke machen. Du verstehst?“

Jetzt versteht Hugo. Er muss schwer schlucken. Big Dschi meint die Nachbarskinder!
„Das kann ich nicht“, sagt Hugo.
„Außerdem macht man das nicht! Das … das ist nicht nett.“
Big Dschi nickt heftig.

„Genau deshalb sollst du es ja tun! Die Pappnasen sind nicht nett. Also bist du auch nicht nett. Wenn du Glück hast, werden sie dann endlich nett. Oder tun zumindest so.“

Hugo schwirrt der Kopf.

„Ich weiß nicht, ob das so funktioniert“, sagt er matt.

Big Dschi klopft ihm fröhlich auf die Schulter.

„Das musst du auch gar nicht wissen“, sagt er. „Es reicht völlig, dass ich es mir gewünscht habe: Mein Wunsch ist nämlich dein Befehl. Du weißt schon.“

Hugo trainiert

Von nun an ist es so: Morgens bringt der Hauslehrer Hugo etwas bei. Nachmittags ist Big Dschi sein Trainer. (Er mag das Wort Lehrer nicht. Das ist nur was für Eierköpfe, klar.) Sie üben, wie man sich wehrt und anderen die Meinung geigt. Weil das manchmal einfach wichtig ist.

Außerdem steht auf dem Stundenplan *Blitzschnelles Abzischen.* Nur für den Fall der Fälle.

Hugo wird immer besser! Er fühlt sich stark, selbstbewusst und irgendwie auch größer.

„Ich glaube, du bist so weit“, sagt Big Dschi eines Tages. Und Hugo glaubt das auch.

Hugo gibt sein Bestes

Am nächsten Morgen ist es so weit.
Gleich nach dem Frühstück gehen Hugo und Big Dschi in den Park.
Die Pappnasen lassen nicht lange auf sich warten. Schnell versteckt sich Big Dschi in der Flasche, damit ihn die Kinder nicht sehen.
Der große Moment ist gekommen.
Hugo räuspert sich.

„Könntet ihr mich ab jetzt bitte in Ruhe lassen?“, ruft er. Seine Stimme quietscht dabei nur ein bisschen. „Es ist nicht nett, anderen Äpfel an den Kopf zu werfen.“

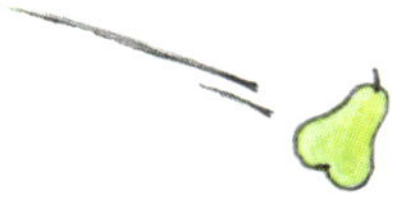

„Das … äh … das gilt auch für Birnen!“

„Das gilt für jedes Obst.“

So geht es eine Weile.

Hugo gibt sein Bestes. Aber gegen so viele Pappnasen auf einmal kommt er nicht an.
Da hat Big Dschi eine Idee: Von Hugo unbemerkt, schlüpft er hinter ihm aus der Flasche. Und dann legt er los.

Die Pappnasen zischen ab. Blitzschnell.
„Ich hab's geschafft!", ruft Hugo. Er dreht sich zu Big Dschi um, der wieder ganz der Alte ist. „Ich hab's wirklich geschafft!"
Vor Begeisterung hüpft Hugo auf und ab.
Auch Big Dschi strahlt.
„Chefchen, ich bin stolz auf dich", sagt er.
Und das ist Big Dschi wirklich.

Hugo feiert eine Party

Am Nachmittag feiern Big Dschi, Hugo und Heinz ihren Erfolg! Es gibt Apfelsaft, bunte Törtchen und Konfetti.
Viel davon.

Da klingelt es an der Tür. Die Köchin und der Hauslehrer haben frei. Mama und Papa sind auch nicht da. Also macht Hugo auf.

Die Pappnasen haben die kleinste Pappnase vorgeschickt! Sie soll sich entschuldigen. Und den Ball zurückholen. Und alle die anderen Dinge auch.

Hugo weiß nicht, warum: Aber irgendwie tut ihm das Mädchen leid.
„Möchtest du ein Törtchen?“, fragt er.
Das Mädchen nickt.
„Und auch ein bisschen Konfetti werfen?“
Das Mädchen nickt wieder. Und auf einmal gibt es einen Partygast mehr.
Dieser Gast heißt Lola und kennt die besten Spiele.

Big Dschi muss etwas loswerden

An diesem Abend ist Hugo so müde wie noch nie. Er könnte sofort einschlafen. Aber vorher will Big Dschi ihm noch etwas sagen: Er hat eine gute und eine schlechte Nachricht für Hugo.

„Zuerst die schlechte“, verlangt Hugo.
„Nein, die gute.“ Er macht eine kleine Pause. „Nee, doch lieber die schlechte. Ja, die schlechte Nachricht zuerst.“
Big Dschi nickt.
„Chefchen, morgen muss ich zurück.“
„Wie, zurück?“
„Na, zurück in meine Flasche und weiter zum nächsten Chef. Oder zur nächsten Chefin.“
„Aber ... warum?“ Hugo kann es gar nicht fassen.
Big Dschi zuckt mit den Schultern.
„Drei Wünsche sind erfüllt“, erklärt Big Dschi. „Also muss ich weiter. Das mit dir war eine schöne Abwechslung. Aber eigentlich mache ich meinen Job ganz gern. Du verstehst.“
Hugo versteht, obwohl er es nicht verstehen will.

„Du hast ja noch Heinz“, sagt Big Dschi tröstend. „Und Lola. Ich wette, dass die morgen gleich wieder auf der Matte steht!“
Hugo seufzt. Das mit Lola wäre schon schön.
„Außerdem habe ich noch ein Geschenk für dich“, verkündet Big Dschi.
„Ein Geschenk?“, fragt Hugo neugierig.
Big Dschi nickt.
„Das ist die gute Nachricht!“, sagt Big Dschi. „Zum Abschied schenke ich dir einen Wunsch!“
„Wow“, macht Hugo gerührt. Damit hat er nicht gerechnet.
Big Dschi grinst.
„Also, raus damit“, ruft er. „Was darf es sein? Eine Reise nach Hawaii? Eine Achterbahn für den Park?“
Big Dschi hat wirklich gute Ideen.

Aber Hugo will nichts davon.
„Ich kann mir nicht wünschen, dass du hierbleibst, oder?“, fragt er.
Big Dschi schüttelt den Kopf.
„Ich kann mir auch nicht unendlich viele Wünsche wünschen?“
Big Dschi schüttelt heftiger den Kopf.

„Das haben vor dir schon viele versucht“, sagt er. „Gab jedes Mal Riesenärger. Seitdem machen wir das nicht mehr. Überleg dir das mit der Achterbahn doch noch mal.“

Jetzt schüttelt Hugo den Kopf. Ein Lächeln schleicht sich auf sein Gesicht. Denn ihm ist gerade etwas eingefallen. Der perfekte Wunsch.

Den kann Big Dschi allerdings erst morgen erfüllen – um Punkt neun. Er soll ein bisschen pauken, ein klitzekleines bisschen nur. Auch wenn das eigentlich was für Eierköpfe ist.

FSC
www.fsc.org
MIX
Papier aus verantwortungsvollen Quellen
FSC® C089473

Dieses Buch ist erhältlich als:
ISBN 978-3-407-75551-3 Print

in der Verlagsgruppe Beltz · Weinheim Basel
Werderstraße 10, 69469 Weinheim

Text: Lena Hach
Einbandillustration und Illustrationen im Innenteil: Kai Schüttler
Konzept der Einbandgestaltung: Julia Kerschbaumer, www.illubelle.com
Satz: Tim Oliver Pohl
Druck und Bindung: Beltz Grafische Betriebe, Bad Langensalza
Printed in Germany
1 2 3 4 5 24 23 22 21 20

Weitere Informationen zu unseren Autor_innen und Titeln
finden Sie unter: www.beltz.de